# कहानी की दुनिया

### रोमांचक सफर

धर्मेंद्र मिश्रा

# क्रम-सूची

# प्रस्तावना

कई कहानियो के माध्यम से एक ऐसी हैरतअंगेज दुनिया और संसार की तरफ लेजाने का प्रयास है ,जिसे पढ़ कर आप रोमांच से भर जाएंगे ,भावनात्मक रूप से आप उन कहानियो के माध्यम से स्वयं को जोड़ कर देख सकेंगे। इस सीरीज में कई कहनिया है जो हॉरर ,घोस्ट पर आधारित है तो कुछ गुदगुदाने हँसाने वाली तो कुछ रुलाने वाली जो आप को अंदर से झकझोड़ कर रखदे ,वही कुछ व्यंगात्मक चटपटी कहानिया भी है। कुलमिलाकर इन कहानियो के माध्यम से मेरा प्रयास यही है आप को बहुत कुछ अच्छा पढ़ने को मिले जिससे आपका मनोरंजन भी हो और साथ ही जीवन और जीवन से जुड़े वास्तविक अनुभव भी प्राप्त करे जो आपके जीवन केलिए उपयोगी हो।

आप इन कहानियो की हैरतंगेज दुनिया में दाखिल हो इससे पहले अपने विषय में एक संछिप्त परिचय देदूं ;इससे पहले मेरी ५ बुक अमेज़न पर प्रकाशित हो चुकी है। अभी हाल ही में 2021 में प्रकाशित उपन्यास मुहाना जो साइंस फिक्शन ,विज्ञानं पर आधारित है जो आपको इ बुक और पेपर बैक फॉर्मेट में मिल जाएगी। वही 2019 के आस पास मेरी दूसरी उपन्यास दायरा प्रकाशित हुई थी जो सामाजिक परिवेश ,लव रिवेंज ,हॉरर ,ट्रैजिडी , ड्रामा पर आधारित है। बांकी दो स्टोरी बुक है ,एक बुक आर्टिकल कलेक्शन है। ये सभी बुक ,पेपर बैक और इ बुक फॉर्मेट पर उपलब्ध है।

आशा करता हूँ इन कहानियो के माध्यम से मेरा यह प्रयाश पसंद आये। इन कहानियो के माध्यम से आपके जो भी विचार हो ,कृपया रिव्यु के माध्यम से जरूर बताये।

आप मुझसे सीधे तौर पर भी संपर्क कर सकते है ,मेरी ऑफिसियल वेबसाइट :

www.dharmendramishra.com

सोशल मीडिया

फेसबुक :https://www.facebook.com/dkformula

इंस्टाग्राम :https://www.instagram.com/dkformula/
इसकी के साथ आपका

~धर्मेंद्र मिश्रा

# भूमिका

# कहानी की दुनिया :रोमांचक सफर

## 1,कहानी

## "बोलती चिंगारी "

## 1

अमीरो के मोहल्ले में एक बैजू नाम का गरीब वृद्ध फ़क़ीर रहता था। यही कोई 60-65 के आसपास उम्र रही होगी। गली -मोहल्लो में खेल-तमाशे दिखाता,रात होने पर फुटपाथ के किनारे एक झाड़नुमा पेड़ के निचे ही सोजाता। बैजू को उस पेड़ से कुछ विशेष ही लगाव होगया था। दिन भर इधर -उधर भटकता ,खेल -तमाशे दिखाता ,रात होने पर जो भी कमा कर लाता उसी पेड़ के निचे , सुखी लकड़ियों से अपने लिए खाना पकाता और वही पर एक फटा हुआ चद्दर डाल के सोजाता।

दिन गुजरते गए ठण्ड का मौसम आया ,पूष का महीना चल रहा था ,ठण्ड ऐसी की सरीर की हड्डिया भी अकड़ जाये , नशो में खून जमा देने वाली ठण्ड।

बैजू दिन तो किसी कदर गुजार देता ,लेकिन बर्फीली रात में बैजू की अतड़िया और जबड़े कांप जाते , हड़िया चरमराने लगती ,एक फटा कम्बल जो इस असहनीय ठण्ड में न काफी था।

जब तक अल्वा जलता तब तक तो ठण्ड सह लेता लेकिन अल्वा बुझने पर रात गुजारना दुर्भर था।

कई राते जाग के गुजार दी । इतनी कमाई भी नहीं की रजाई –कम्बल का बंदोबस्त कर पाए,हलाकि

छह -आठ महीने से ऊपर होगये थे बैजू को इस मोहल्ले में रहते हुए ।

एक दिन बैजू ने सोचा मुझे इस मोहल्ले में करीब -करीब सभी जानते ही होंगे ,घर -घर जाकर खेल दिखाता हूँ ,क्या एक फटा –पुराना ये लोग मुझे कम्बल भी न देदेंगे ? पैसेवालों का मोहल्ला है ,इनके यहाँ तो कपडे ऐसे ही पड़े रहते होंगे ,कुछ न कुछ तो कोई दे ही देगा।

कई घरो में मांगने गया ,लोगो ने दुत्कार दिया ,चल जा यहाँ से रूपये -दो रुपये होते तो दे भी देते।

कोई कहता ,भीख में भला रजाई -कम्बल कौन देता है। कोई कहता कल आना -परसो आना। कोई कहता हमने ठेका थोड़ी लेरखा है ,सरकार जाने ,तुम्हारा काम जाने । कोई कहता रोटी चाहिए तो लेलो।

कुछ मुफ्त में ज्ञान बाटने वाले लोग,जो समाज को कोसते रहते है , हर समस्या के लिए सरकार को ही जिम्मेदार ठहराते है। इस देश का कुछ नहीं होसकता ,गरीबी दिन बा दिन बढ़ती जा रही है ,सरकार आंख मुद के सोरही है।

बैजू निराश मन से खाली हाँथ लौट आया उसकी किसी ने मदत न की ,रात में जब तक अल्वे की लकड़ी जली ,उसकी सांसे भी चलती रही। कई रातो से ठीक से सोया न था आंखे झपक गई ,फिर उसकी आंखे न खुली।

सुबह बैजू की लाश के पास तमाशबीन इकस् ठा होने लगे ,कुछ लोगो ने अपनी संवेदनाये व्यक्त की " मर गया गरीब बेचारा ठण्ड से ,गरीब का इस दुनिया में कोई नहीं ,उनकी कोई सुध नहीं लेता । कुछ ने अपने मोबाइल से फोटो खींची ,सोशल मीडिया में डाला ।

दो -चार सुन्दर दुःख भरे अंग्रेजी के सब्द लिखे लोगो को बताया ,हम समाज के प्रति कितने संवेदनसील है। नगर –निगम की गाड़ी आई, बैजू की लाश को वहाँ से हटा लेगाई।


2-


कुछ दिनों बाद जिस पेड़ के निचे बैजू रहता था ,वही पर उस अल्वे में एक चिंगारी जलती हुई मिली । एक आदमी रोज रात में अपने काम से लौटते वक़्त हमेसा उसी रस्ते से होके गुजरता था। उसकी नजर उस अल्वे में पड़ी। रात में घने कोहरे और अँधेरे की वजह से कुछ साफ दिखाई तो नहीं दे रहा था लेकिन फिर भी कुछ जलता हुआ दिख रहा था।

उसने सोचा किसी ने जलाया होगा .कई राते ऐसे ही गुजर गई ,एक रात फिर से उस आदमी ने अनदेखा कर रोज की तरह जाने लगा ,अल्वे के पास से एक आवाज आई "इतनी जल्दी में क्यों रहते हो ,आओ थोड़ी देर मेरे पास बैठो "उस आदमी ने सोचा होगा कोई अपने से क्या लेना देना।

दूसरे दिन फिर गुजरते वक़्त उस चिंगारी ने कहा "ठण्ड बहुत है,थोड़ी देर ही सही मेरी आग से अपने हाँथ सेकते जाओ ?"
वो आदमी डर कर वहाँ से भाग गया ,अगले दिन उसने सोचा अब उस रस्ते नहीं जाउगा। खुद को ही समझाते हुए ,नहीं ..नहीं भूत-वूत कहाँ, आज के समय में वो भी सहर में ,.क्या रात क्या दिन यहाँ तो आदमी ही भूत है।


उस आदमी ने फिर उसी रस्ते से होके जाने का फैसला किया ,चिंगारी फिर बोली "डरो मत मुझ से ,मै तुम्हे नुकसान नहीं पहुँचाऊँगा,बस मेरा

एक काम कर दो ,फूंक मारके इस चिंगारी को हवा देदो ? "

आदमी रूकते हुए "मै ये क्यौं करू भला ?"

चिंगारी "अगर तुमने मुझे हवा दी तो मै जल उठूंगा ,और ऐसा जलूँगा की तुम्हारा घर छोड़ ये पूरा मोहल्ला जल उठेगा। "

आदमी "तुम मुझे डराओ मत ,मै नहीं फूंकता ,ये कह कर वहाँ से जाने लगा। "

चिंगारी फिर बोली "मै चाहुँ तो तुम्हे मजबूर कर दूँ लेकिन तुम्हे इंसानियत का वास्ता,

तुम तो इंसान हो ,मैंने तुम्हरे अंदर एक इंसान देखा इसलिए ऐसा कहाँ।

उस आदमी ने डरते –डरते चिंगारी को फूंक मार के हवा देदी ,चिंगारी धधक उठी ।

डर के मारे उस आदमी ने आव देखा न ताव ,पीछे मुड़कर भी नहीं देखा ,सरपट वहाँ से भागा।

अगले दिन फिर रात में वो क्या देखता है ,आग जल रही थी और कुछ गरीब फुटपाथ में रहने वाले लोग जलती हुई आग में ठण्ड का मजा ले रहे थे।

लोगो की संख्या जैसे -जैसे बढ़ती जाती आग की लपटे और ऊपर उठने लगी। वहाँ पे मौजूद लोग हैरान लकड़ी तो हमेशा उतनी ही रहती है ,न कम होती है न ज्यादा ,ये आग कहाँ से पैदा होती है ,लोगो को लगा की ये कोई चमत्कार है।

कुछ लोगो ने उस अल्वे की चिंगारी को और दूसरी जगह पे ले गए जलाने के लिए ,उस अल्वे की चिंगारी जहाँ जहाँ पहुंची उतनी ही तेज जलती।

देखते देखते उस अल्वे की चिंगारी मोहल्ले भर में कौतुहल का विषय

बन गई। सभी अपने -अपने घरो में लेजाने लगे ,
रात होने पर वो चिंगारी खुद बा खुद जलती सुबह होने पर बुझ जाती।

अमीर और गरीब दोनों के घरो में एक समान एक ही अल्वे की चिंगारी
से आग जलती। गरीबो को तो इस कड़कती ठण्ड में बड़ी राहत मिली।
आस -पास जितने भी गरीब -मजदूर , भिखारी थे ,उसी अल्वे के निचे
सोने लगे, उस अल्वे की आग ऊँची उठती हुई लपट के साथ जलती।


आदम जातो को ये बर्दास्त नहीं हुआ। उनको जलन होने लगी हमारे
घर में जो आग जलती है वही आग इन गरीबो के घर में क्यों जले ।
कुछ लोगो ने फैसला किया की आधी रात में जब कोई न होगा उस
अल्वे के पास ,तभी उसे बुझा देंगे।
कुछ अमीरो ने आधी रात जा कर उस अल्वे में पानी डाल आये। ।
अल्वे की बुझती आग के साथ गरीबो के घर में जल रही चिंगारी से पैदा
हुई आग भी स्वयं ही बुझ गई।
जिन लोगो ने आग बुझाई थी अपने घर को लौटे ,
घर के बाहर सुलगती हुई वो चिंगारी उन्हें देख कर भभक उठी ,देखते
ही देखते आग की लपटे उठने लगी।
जैसे ही वो लोग घर के अंदर जाने लगे ,चिंगारी बोल उठी "बुझा सकते
हो तो इसे भी बुझा दो ,
तभी तुम चैन की नींद सो पाओगे ?"

वो आदम जात जैसे ही पीछे मुड़के देखते है कोई न दिखाई दिया
,अनसुना करके जाने लगे ।
चिंगारी फिर बोली "हा मै तुमसे बोल रहा हूँ। "
आदम जात " अरे ये चमत्कारी चिंगारी बोलती भी है। नहीं हम तुम्हे
नहीं बुझाएंगे ,तुम जलती रहो ,
तुम सही जगह पे जल रही हो। "

चिंगारी " ये गरीब की आग है ,तुम्हारे घर में मेरा जलना ठीक नहीं "


आदम जात "तुम्हारी बातें मेरी समझ में तो नहीं आरही ,लेकिन अब तुम मेरी प्रॉपर्टी हो ,ठण्ड ख़तम होजायेगी तो खुद ही बुझा दूंगा। तुम्हारी रख संभल के रख लूंगा। जब फिर से ठण्ड का मौसम आएगा तो तुम फिर से जलने लगना। "
चिंगारी "ठीक है ,फिर आराम से जाकर सो जाओ "
आदम जात अपने घर के अंदर सोने चले गए ।

जिन अमीरो के घर में उस अल्वे की चिंगारी जल रही थी , बड़वाग्नि जंगल में लगी आग के सामान धधकने लगी ,भयानक रूप धारण कर सभी के घरो को अपने चपेट में लेलिया।

आग इतनी भीषण थी की कोई भी घर के अंदर से बाहर नहीं निकल पाया ,आग बुझाने वाला भी कोई नहीं था
जो थे वो बस आग में जलने वाले लोग ही थे ,चीखे सुनता भी तो कौन।

केवल उस मोहल्ले में उस आदमी का मकान आग की चपेट से बच सका ,जिसने चिंगारी को हवा दी थी।
सुबह उठ के उसने देखा सभी के घर राख के ढेर में तब्दील होचुके थे।
मलबे के निचे जली हुई लाशे ,चारो तरफ बस रात की तबाही के मंजर का अवशेष ध्वंश रहगया था।

## 2,कहानी
## "जिसकी लाठी उसी की भैंस"

मुहावरे और लोकोक्ति संवाद को असरदार धारदार बनाते है ,जो प्रेरणा देने वाले विशेष कारण और उद्देश्य से होते है। समाज में बहुत से मुहावरे लोकोक्ति प्रचलित है। जिसकी लाठी उसी की भैंस ,एक

पौराणिक कथा है ,मूल कथा को मूल ही रखते हुए , अपने ही अंदाज और संवाद शैली से कहने की चेष्टा करता हूँ।

एक ब्राह्मण को कहीं से यजमानी में एक दुधारू भैंस मिली। घर बहुत दूर था ,ब्राह्मण भैंस के ऊपर चढ़ गया । रास्ते में सुनसान वीराना रास्तो से होकर चला जारहा था । रास्ते में यमराज की कोप दृष्टि पड़ गई ,एक मोटा तगड़ा सरहंग उसके हाथ में वज्र रूपी मोटा डण्डा भी था ।

उसने ब्राह्मण को देखते ही कहा – "क्यों रे ब्राह्मण , खूब दक्षिणा बटोर लाया, पर यह भैंस तो मेरे साथ ही जाएगी।

ब्राह्मण ने झट कहा- "हे यम पुरुष ! ऐसा न करे ,इसके लिए मैंने बड़ी अर्जु,मिन्नतें की ?

यम पुरुष बोला- "क्यों क्या जो कह दिया सो करो ?

भैंस छोड़ कर चुपचाप यहाँ से चलते बनो , वरना लाठी देखी है, तुम्हारी खोपड़ी के टुकड़े-टुकड़े कर दूंगा।

अब तो ब्राह्मण का गला सूख गया।

हालाँकि शारीर से ब्राह्मण भी हस्टपुष्ट था , पर खाली हाथ वह करे भी तो क्या करे विपरीत समय में बुद्धिबल काम आया,उसे एक युक्ति सूझी ।

ब्राह्मण बोला-हे यम पुरुष ! भैंस ले लो, किन्तु ब्राह्मण की चीज यों छीन लेने से तुम्हें पाप लगेगा ,उचित मूल्य देकर भैंस लेते तो पाप नहीं लगता ,आगे तुम्हारी मर्जी ?

यम पुरुष बोला- "मुझे सिर्फ लेना आता है ,देना नहीं ,भैंस की डोरी पकड़ाओ। लठ दिखते हुए नहीं तो ?

ब्राह्मण को फिर एक युक्ति सूझी - " चलो कुछ न सही, लाठी देकर भैंस का बदला कर लो।

यम पुरुष मन ही मन प्रसन्न होते हुए ,ये तो बड़ा ही मूरख मालूम पड़ता है ,खुशी से उछालते हुए "हा ,हा लो , लाठी ब्राह्मण को पकडा दी। और भैंस पर दोनो हाथ रख कर खड़ा हो गया।

तभी ब्राह्मण कड़क कर बोला- चल हट भैंस के पास से, नहीं तो अभी खोपड़ी से तेल निकालता हूँ ।

यम पुरुष विषमय में पड़ गया – ऐसे ,कैसे,तुमने लाठी ही तो मांगी थी।
ब्राह्मण बोला-क्यों क्या जिस की लाठी उसकी भैंस।यम पुरुष समझ गया ,यहाँ से निकल लेने में ही भलाई है,वहाँ से रफू चक्कर होगया।

भावार्थ :
बुदि्ध बल के आभाव में सक्ति बल निरर्थक है ,अपितु बुदि्ध बल द्वारा सक्ति बल हासिल किया जा सकता है।

3,कहानी
" तांत्रिक "


बहुत समय पहले की बात है संभलपुर नामक एक भरा पूरा खुशहाल गांव था। सभी जन मैत्री मेल मिलाप से रहा करते थे। अचानक से कुछ ऐसी अनहोनी घटनाये घटने लगी जो सभी को अचम्भे और सकते में डालने वाली थी।

गांव की अच्छी भली स्वस्थ जवान स्त्रीया खुदखुशी करने लगी ,कभी किसी की लाश पेड़ पे लटकी हुई मिलती तो कभी गांव के तालाब या किसी कुएं - बाबड़ी में गिरी हुई मिलती। हैरानी की बात तो ये थी की सभी की लाश नग्न अवस्था में मिलती । सायद ही ऐसा कोई महीना गुजरा हो जब ऐसा न हुआ हो ,यह सिलसिला सालो चलता रहा।

किसी को कुछ भी पता नहीं चल रहा था,आखिर इसके पीछे कारण क्या है। ये घटनाये ज्यादातर रात में होती थी सो गांव के लोगो ने रात -रात भर जग कर चौकीदारी बिठाई फिर भी रोक पाना संभव न हुआ।

ऐसे ही एक रात सोते सोते एक कुवारी ,स्त्री अचानक ही नींद से जगी ,जैसे उसके सर पे कोई सवार हो ,बाल खुले ,सरीर पूरी तरह से अकड़ा हुआ था। निर्वस्त्र होकर कर सीधा अपने घर से निकली गांव के ही किसी नीरजन वीराने में जाने लगी।

पैर तो चल रहे थे मगर उसे कुछ पता नहीं था वह कहाँ जा रही है। पैर घसीटते हुए चल रही थी जैसे कोई उसे अपनी तरफ खींच रहा हो रस्ते में एक मंदिर पड़ा ,खँडहरनुमा पुराना ,जिसमे सायद ही कोई पूजा पाठ करने जाता रहा हो बस पत्थर की दो चार मुर्तिया रखी थी।

गर्मियों का समय था ,सो एक फ़क़ीर ,नामालूम कहाँ से आया था ,दिन भर इधर भटकता रात वही चबूतरे में जाकर सो जाता ।

पत्तो की खर खड़ाहट से उसकी नींद खुली ,सामने से उसे एक चुड़ैल दिखी ,उसने एक बोतल में पीने वाला पानी भर रखा था ,कुछ मंत्र बुदबुदाते हुए उसने उसके ऊपर फ़ेंक दिया। पानी के छींटे पड़ते ही वो स्त्री जैसे नींद से जगी, देखा उसके सरीर में कोई वस्त्र नहीं है पुनः उलटे पाँव अपने घर की ओर भागी ,वह फ़क़ीर भी उसके पीछे पीछे भागने लगा ।

स्त्री यही चिल्लाये जा रही थी "बचाओ -बचाओ " जैसे ही गांव में दाखिल हुई ,गांव वाले चीख पुकार सुन कर एकत्रित होने लगे। भागते भागते वह सीधा अपने घर के अंदर चली गई।

गांव वालो ने आव देखा न ताव उस फ़क़ीर को पकड़ लिया और पीटने लगे। वह फ़क़ीर बस यही कहे जा रहा था "मुझे छोड़ दो मैंने कुछ नहीं

किया। लेकिन गांव वालो ने उसकी एक न सुनी। मारते मारते अधमरा कर दिया।

तब तक गांव के कुछ बुजुर्ग आगये ,उन्होंने गांव वालो को रोका "एक बार इसकी बात तो सुनलो । गांव वालो ने कहा सुनना सुनना क्या "यही है जो तंत्र विद्द्या कर गाँव की स्त्रीयो की हत्या करता है।

उस फ़क़ीर ने मुँह से खून उगलते हुए कहा " यदि मुझे मारने से समस्या का हल है तो मार डालो ,मेरा है ही कौन संसार में आगे पीछे ,बस परमेश्वर का ही आसरा है।

गाँव वाले क्रोध से उबलते हुए "मरता क्या न करता ,तू कुछ भी कहे ,सब तेरा ही किया धरा है ।
गाँव वाले एक साथ उसके ऊपर टूट पड़े , फ़क़ीर निश्चिंतता का भाव लिए जैसे उसे अपनी मृत्यु की बिलकुल भी परवाह न हो "अभी दूध का दूध और पानी का पानी किये देता हूँ।

उसने कुछ वक़्त की मोहलत माँगी,गाँव वालो को अपने साथ समसान आने का न्यौता दिया। गाँव वाले सचेत और सजग होगये "फिर कोई गड़बड़ करेगा ,तांत्रिक है समसान में लेजाकर क्या पता क्या करे ?

फ़क़ीर ने लरजते हुए कहा " डरो मत ,तुम तो इतने सारे लोग हो ,यदि तुम्हे कुछ गलत लगे तो मुझे वही मार देना ? "
गाँव वाले उसके साथ चलने के लिए राजी होगये।

कुछ ही दिन पहले ,समसान में एक लड़की की चिता जली थी ,फ़क़ीर उस चिता के पास जाकर रुक गया ,जल अभियन्त्रित करते हुए उस चिता को बांध दिया ,अपनी पोटली से एक खोपड़ी निकाली ,कपूर ,तिल ,धूप,मदिरा ,अगरबत्ती इत्यादि सामग्रियां निकाल कर ,धुनि रमा कर वही बैठ गया और समसान साधना करने लगा ,मृत आत्मा का

आवाहन करने लगा ।
कुछ ही समय बीता होगा की दूर से गिरते -पड़ते एक व्यक्ति आता
हुआ दिखाई पड़ा।

गाँव वाले सचेत होगये। करीब आने पर गाँव वाले भौचक्का रह गए
,आंखे फटी की फटी रह गई ,मुँह से बस यही निकला " अरे मोदी तू ?
वह आदमी उस फ़क़ीर के पैर पे गिर कर रहम की भीख मांगने लगा "
मुझे छोड़ दो मुझसे भूल होगई,फिर ऐसा कभी नहीं करूँगा।
गाँव वालो को कुछ समझ नहीं पड़ रहा था ,दुसरो की जिंदगी बचाने
वाला स्वयं ही नरभछी कैसे बन गया ?

फ़क़ीर उसे झिड़किया देते हुए " सब कुछ सच सच बता ?"
मोदी नामक उस बहुरूपिये तांत्रिक ने कहा " अमरता हेतु मैंने अपनी
सक्ति का दुरूपयोग किया ,वासना के गहरे खड्ड में जा गिरा ,मेरा भेद
न खुले इसलिए उन्हें मारना मेरी मजबूरी थी।

फ़क़ीर ने गाँव वालो की ओर इशारा किया तुम्हे जो करना हो वह तुम
कर सकते हो ?
गाँव वाले बिना देरी किये मौत बनकर उस पर टूट पड़े। देखते ही देखते
उसे मौत के घाट उतर दिया। इस प्रकार गाँव उस अभिशापित पाखंडी
तांत्रिक के कहर से मुक्त हुआ ।

4,कहानी
"बूढ़ा फ़क़ीर और भटका हुआ आदमी"

इस मार्मिक कहानी(Story) के मध्य से जीवन के सत्य को दर्शाने की
चेष्टा है :
एक भूंखा प्यासा आदमी आश्रय की तलाश में जंगल में इधर- उधर

भटका रहा था ,कही से कही तक कोई इंसान न दिख रहा था ,तभी उसे एक फटे चीथड़े लपेटे एक फ़क़ीर दिखा ,उस आदमी ने उस फ़क़ीर से पूंछा " बाबा यहाँ क्या कोई बस्ती होगी ?
फ़क़ीर ने उतर दिया "यहाँ से सीधे हाँथ में 3 कोश की दूरी में चले जाओ। "


वह आदमी उस फ़क़ीर की बात मान कर उसके बताये ,रस्ते में गया ,चलते चलते वह किसी समसान घाट पे पहुँच गया।
उसे उस बाबा पर बड़ा ही रोष हुआ ,वह फिर उसी रस्ते से होकर लौटा ,वो बूढ़ा फ़क़ीर फिर उसे मिल गया।


उसने आव देखा न ताव उस फ़क़ीर पर पिल पड़ा "बड़े ही मूरख मालूम पड़ते हो ,गलत जगह भेज दिया ,समसान का पता भला तुमसे कोई क्यों पूंछेगा ?"
फ़क़ीर,उसकी बात स्मरण करते हुए " तुमने बस्ती ही पूंछा था ?"
वह आदमी झुंझलाते हुए " भूंख प्यास से व्याकुल यहाँ मेरी जान जा रही है ,और तुम्हे मसखरी सूझी। "

फ़क़ीर,उस आदमी की ओर गंभीरता से देखते हुए " बस समझ का फेर है ,ऐसा करो उलटे हाँथ में 3 कोश चले जाओ । "

वह आदमी भूंख और प्यास से व्याकुल तो पहले से ही था ,मन ही मन चिंता करते हुए फिर से गलत जगह भेज दिया तो मेरा तो दम ही निकल जायेगा,इस पागल का क्या भरोषा ,लेकिन करे भी तो क्या करे ।
फ़क़ीर उसकी मन की व्यथा भांपते हुए " मेरा भरोषा करो ,मै झूठ नहीं बोलता ,तुम्हारी जरुरत का प्रबंध हो जायेगा ।

उस आदमी पास उस फ़क़ीर की बात मानने के आलावा और कोई दूसरा जरिया भी नहीं था ,सो फिर से वह उस बाबा के बताये हुए रस्ते पे गया ,इस बार वह इंसानो से भरी बस्ती में पहुँच गया ,वहाँ जा कर क्या देखता है चारो तरफ दुर्भिच्छा महामारी फैली है।

लोग मातम मना रहे है ,छाती पीट पिट कर रो रहे है। कोई लाश लिए शमसान की ओर भाग रहा है। कोई मरने की कगार पे है। वही कोई भोजन पका रहा है। कोई भोजन कर रहा है। कोई चौहटे पे बैठा गप्पे लड़ा रहा है। बच्चे खेल रहे है। कही नाच गाना चल रहा है । एक साथ जीवन के अलग ढंग रंग रूप देख वह आदमी हतप्रद होगया ,उसकी भूंख प्यास सब वही छूट गई ,वहाँ से उलटे पाँव भागा ,लौटते वक़्त वह फ़क़ीर फिर उसे वही मिल गया।

उसने उस फ़क़ीर से कहा "तुमने भेजा तो सही जगह,वहाँ का नज़ारा देखते ही बनता था ,सारा हाल वृतांत कह सुनाया।
फ़क़ीर ने कहा "मैंने पहले भी तुमसे सही कहा था ,इस बार भी सही कहा।
वह आदमी सोच में पड़ गया।


फ़क़ीर ने कहा "जिसे तुम बस्ती कहते हो वो शमसान,मरघट है ,जहा मरने का क्रम लगा ही रहता है ,एक आया ,दूसरा गया। जिसे तुम शमशान कहते हो वही जीवन को आश्रय मिलता है ,जहाँ कोई नहीं मरता।

वह आदमी " जब मृत्यु ही जीवन का सत्य है तो हमारे होने न होने का कारण क्या है ?
फ़क़ीर " यह समस्त संसार धारणा स्वरुप है ,और यह धारणा ही होने का कारण स्वरुप सारभूत है जो माध्यम से गतिमान है जिसे तुम

जीवन या पड़ाव कहते हो ,मृत्यु को जीवन का अंतिम छोर जानते हो ।


## 5,कहानी
## "अंतरात्मा"

विकाश शाम को स्कूल से आते ही ,माँ पापा अभी तक ऑफिस से लौटे नहीं उनसे कुछ जरुरी बात करनी है .

माँ बीच में ही टोकते हुए मुझे भी बता सकता है क्या बात करनी है ,विकाश चिढ़ते हुए तुम अपना काम करो ,झाड़ू ,पोंछा ,बर्तन ,इसे ज्यादा सोचने की जरुरत नहीं ये बोल कर सीधे रूम पर चला गया ,,विमला देवी कई दिनों से विकाश को बात -बात पे छिड़ने से परेसां थी आखिर बात क्या है ,कुछ पूंछो तो बताता भी तो नहीं ,ये सब बाते उनके दिमाग में चल ही रही थी की अचानक बेल की आवाज सुनाई दी विकाश दरवाजे की तरफ दौड़ा जैसे इसी के इंतजार में बैठा हो .

पीछे से विमला देवी भी रोटी बना छोड़ कर दरवाजे की तरफ बढ़ी .क्योकि घर पर विकाश के होने और न होना बराबर है स्कूल से आते ही बस मोबाइल में ही लगा रहता है .

नारायण प्रशाद जी अंदर आते ही ,साहब जादे ने दरवाजा खोला , आज पूरब पछिम से कैसे उदय हो गया .
नारायण प्रसाद जी सोफे में धसते हुए ,विमला देवी आज बहौत थके हुए लगते हो ,नारायण प्रसाद जी दम भरते हुए ,आज अविनाश का फ़ोन आया था ,अविनाश नारायण प्रसाद जी का बड़ा बेटा जो NIT से Btech कर रहा है इस साल उसका लास्ट ईयर चल रहा है .

नारायण प्रसद जी को उसपर बड़ा नाज है .बचपन से ही पढाई में बहौत होसियार था आज NIT जैसे बड़े इंस्टिट्यूट में है .और जल्द ही उनके

सपने साकार होने वाले है .बेटे का लास्ट सेम चल रहा है और उसके बाद किसी बड़ी कंपनी में अच्छी सी नौकरी मिलने की उम्मीद है .

विमला देवी जी उनकी तुन्द्रा भांग करते हुए, हां तो उसने क्या कहा ,बस पढाई के बारे बता रहा था लास्ट सेम स्टार्ट होने वाला है कुछ महीने बाद प्लेसमेंट के लिए कंपनीया आना सुरु हो जाएँगी ,बड़े गर्व से ,अब हमारा बेटा किसे बड़ी कंपनी में अच्छी सैलरी में नौकरी करने लगे और क्या .
विमला देवी ;सब ऊपर वाले की कृपा है,मिलेगी क्यों नहीं ,उसने मेहनत भी कितनी की है .उसके पीछे पैसा हमने पानी की तरह बहाया है .

विकाश भी चुप चाप बगल में खड़ा होक सब सुन रहा था , हड़बड़ाते हुए ,पापा मै भी इस साल MBBS की तैयारी के लिए कोटा जाने की सोच रहा था , ये सुनते ही नारायण प्रसाद जी की भृकुटि तन जाती है ,अच्छा तुम सोचते भी हो ,आज से ही सोचना सुरु किया .

विमला देवी हकला क्यों रहा है ,मेरे सामने तो बड़ा सेर बनता है .
नारायण प्रसाद जी उठते हुए ,अभी कही बहार जाने की जरुरत नहीं ,तैयारी करना है तो यही से करो आखिर यहाँ से भी तो बच्चे MBBS की तैयारी करते है और अच्छे नंबर लाते है .मेहनत करो ये करो वो करो दुनिया भर का लेक्चर दे डाला .

विकाश रोनी सी सूरत बना कर चुपचाप अपने कमरे में चला गया .
विमला देवी -उसकी इच्छा है तो जाने दो ,उसका दोस्त विक्की भी तो एग्जाम के बाद जा रहा है .
नारायण प्रसाद जी चिल्लते हुए -दुनिया में हर काम इच्छा से नहीं होते , मै अंधा नहीं हु जो मुझे कुछ दिखाई नहीं देता दिन भर मोबाइल से चिपका रहता है पता नहीं क्या करता रहता है ,पढने में मन थोड़े ही न

लगता है दोस्त जा रहे तो चलो हम भी वही गुलछर्रे उड़ाएंगे ,वह पर
कौन रोकने टोकने वाला होगा .


विमला जी -दबी आवाज में बोलते हुए आखिर उसको भी तो लगता
होगा जब भैया के पीछे इतना खर्च कर सकते है ,तो उसको क्यों नहीं .
नारायण प्रसाद जी चिल्लाते हुए पैसे क्या पेड़ पर लगते है ,जिसे देखो
पैसा -पैसा ,मैंने कह दिया एक बार जिसकी जो मर्जी वो करो मेरा
दिमाग मत खाओ .

विकाश ये सब सुन उसका मन बहौत व्यथित हो गया ,उसे गुस्सा भी
आरहा था और खुद पर रोना भी .विमला देवी चुपचाप किचन की ओर
चली गई.


माँ के लाख समझने पर भी रात में उसने खाना नहीं खाया , रात भर
अपने फ्यूचर के बारे सोचता रहा ,क्या होगा मेरा आगे क्या करूँगा
,पापा को समझने से कोई फायदा नही वो नहीं मानने वाले ,बड़े जिद्दी
है ,उनको समझाना भैस के सामने बीन बजने के सामान है ,इन्ही बातो
को सोच -सोच कर रोता रहा .


नींद उसकी आँखों से कोसो दूर थी ,आखिर में उसने निश्चय किया ,की
एक बार फिर माँ से बात कर के देखता हु सायद मान जाएँ ,आखिर वो
भी तो बाप है ,अपने बेटे की बात क्यों नहीं मानेगे ,यही सोचते सोचते
सुभह के 4 बज गए ,सुभह के 5.30 बजे होंगे,विमला देवी किचन में
चाय बनाने के लिए आती है ,विकाश एक बार फिर माँ को समझने की
कोशिश कर ता है ,माँ एक बार फिर पापा से बात करो ये मेरी लाइफ
का सवाल है ,और मै यहाँ से अच्छी तैयारी नहीं कर पाउँगा , वहाँ पर

पर अच्छी अच्छी कोचिंग क्लास है , और अच्छे टीचर भी है जो बहुत अच्छा पढ़ते है , अपनी चिकनी चुपड़ी बातो से मस्का लगाने की कोशिश करता है .


विमला देवी – अब तुम ही बात करो तुम दोनों के बीच मै पिसती हु ,मै नहीं करने वाली तुमहि करो बात .
विकाश रोने को हो जाता है ,माँ तो माँ ही होती है ,बेटा सही हो या गलत,बेटे की इच्छा ही उसके लिए सब कुछ होती है .विमला देवी फिर एक बार पति से बात करने की हिम्मत जुटाती है , मन ही मन कहती हुई, होगा सो होगा आगे ,आखिर उसके मन में ये तो नहीं रहेगा ,मेरे माँ बाप ने मेरे लिए कुछ नहीं किया ,विमला देवी फिर एक बार पति बात करती है .


नारायण प्रसाद जी अंगारे की तरह बरस पड़ते है ,तुम लोगो के पास और कोई काम नहीं ,जब देखो बस एक ही रट ,जो करना है यही करो ,नहीं मत करो कोई जरूत नहीं ,पहले भी बहुत कमल किया है आगे भी यही होगा .विकाश पूरी तरह टूट जाता है ,और वही पर रह कर आगे की पढाई करता है .


लेकिन बिना मन से किये गए काम का परिणाम भी उसी तरह होता है .

इसी तरह साल भी गया , एग्जाम भी हो गए, आज रिजल्ट आनेवाला है .
विमला देवी – साम होने को आई अभी तक आया नहीं, नारायण प्रसाद जी भी इंतजार में थे क्योकि आज रिजल्ट आने वाला था .क्या हुआ ,हुआ या नहीं हुआ कई तरह के सवाल उनके मन में चल रहे थे.

जैसे ही विकाश घर पहुँचता है , नारायण प्रसाद जी दरवाजे पर ही बैठे थे टोकत हुए क्या हुआ ,विकाश - पापा नहीं हुआ no कम है . नारायण प्रसाद जी मनमे निराशा के भाव लिए हुए ,बुझे स्वर में मुझे पहले से पता था कुछ नहीं होना फालतू में समय और पैसा बहा रहे हो ,तुम्हारे बस की बात नहीं . विकाश को अब चारो तरफ अँधेरा ही अँधेरा नजर आरहा था ,दिमाग पूरी तरह सुन्न पड़ता जारहा था ,सीधे कमरे जे जाकर दरवाजा बंद कर लेता है ,अन्तः वही हुआ जिस बात का दर था जो उसके दिमाग में सालो से चल रहा था .

6,कहानी

"मौत की रात "

ये घटना 1960 के आस पास की है, रामपुर नाम के गांव में रहने वाले तीरथ प्रसाद ,अपने चार भाइयों में सब से छोटे और कुशाग्र बुद्धि के थे। .सिछा के प्रति बचपन से ही उनकी गहरी अभिरूचि रही। प्रारम्भिक सिछा तो गांव की ही स्कूल में पूरी करने के बाद कॉलेज की पढाई केलिए इलाहाबाद यूनिवर्सिटी में दाखिला लेलिया। उन दिनों सिछा का इतना चलन न होने और गरीबी के कारण उनके तीनो बड़े भाई अनपढ़ ही थे । तीरथ प्रसाद के तीनो ही बड़े भाई तीरथ को छोटे कह कर बुलाते बहुत लाढ करते ,यही चाहते पढ़ लिख कर एक दिन बड़ा आदमी बने और उनकी गरीबी दूर हो।


वही तीरथ प्रसाद को पढाई और पुस्तकों से इतना प्रेम था की ,कही पर अगर कागज का टुकड़ा भी पड़ा हुआ दिख जाये तो उसे घर ले आते और एक संदूक में रख लेते।
उनका ऐसा मानना था की महत्व कागज का नहीं उसमे लिखी विद्या का है। उसमे लिखी चीज भले ही हमारे काम की न हो ,लेकिन जिस

व्यक्ति ने लिखा हमें उसके ज्ञान का सम्मान करना चाहिए। .अनपढ़ो की दुनिया में उनके आदर्श खोखले थे उनकी बातों को लोग हंसी में उड़ा देते।

लोग उन्हें सनकी कहते ,कोई पागल कहता लेकिन उन्हें इन बातो से कोई फर्क नहीं पड़ता था।

उन्हें पता था ,मुर्ख व्यक्ति अपनी बातों पे अडिग रहता है। जबकि बुद्दिमान व्यक्ति कोई भी बात स्वीकारने से पहले तर्क (लॉजिक )करता है।

तीरथ प्रसाद की प्रतिभा को देखते हुए ,उनके भाइयो ने घर की आर्थिक स्थिति ठीक न होने के बाबजूद भी तीरथ की इच्छा अनुसार ma की पढाई केलिए जमीन गिरवी रख कर इलाहाबाद भेज दिया।

मेहनत और लगन के साथ पढ़ाई करते हुए तीरथ ने प्रथम श्रेणी में अपनी सिछा पूरी कर वापिस घर लौटे।

गर्मी का महीना चल रहा था।

तेज प्रताप सिंह ,जो उनके साथ ही इंटर तक पढाई की थी। पास के ही गांव सीतापुर के जाने माने जमीदारो में नाम सुमारी थी। तीरथ प्रसाद को घर आया हुआ जान बहन की शादी में स्वयं निमंत्रित करने आये। उनका घर तीरथ प्रसाद के घर से ५ कोष की दूरी पर था।

तीरथ प्रसाद पुरे छेत्र में सब से ज्यादा पढ़े लिखे व्यक्ति थे। उस ज़माने इंटर पास करना भी बहुत बड़ी बात थी। जिस वजह से तीरथ प्रसाद का आदर सम्मान भी खूब होता था।

गॉवो में मोटर –वाहन बड़े बड़े इलाके दर अमीरो के पास ही हुआ करते थे। पक्की रोड भी न थी ,पूरा जंगली छेत्र था। घर दूर -दूर ,तीतर -बितर ही जंगलो के बीच बने थे।

तीरथ घर में भले ही सब से छोटे थे ,लेकिन उनसे बात –चीत करने में सभी घबराते। जिद्दी स्वाभाव के थे। कब क्या पता किस बात पे नाराज होजाये। तीरथ प्रसाद ,सीता पुर जाने केलिए कुरता -पैजामा पहन कर तैयार ही हो रहे थे की उनके बड़े भाई वशिष्ठ प्रसाद हिचकते हुए "
"छोटे वो रस्ता ठीक नहीं है रात -बिरात वहाँ से आना सही न होगा ,कहो तो मै भी चलू साथ ?"
तीरथ प्रसाद "क्यों उस रस्ते में क्या शेर बांधा है ?"
वशिष्ठ प्रसाद ,सकुचाते हुए "अरे वो बात नहीं ,वो थोड़ा सा भुतहा है ,दो -तीन घटनाये घट गई है। इसलिए कह रहा हूँ।

तीरथ प्रसाद,उलाहना देते हुए " आपने देखा कभी भूत ?घटना -घट गई। "
वशिष्ठ प्रसाद ,को मालूम था ये उनकी बात मानेगा तो है नहीं ,इस बार सख्त लहजे में "होते है कहे नहीं होते ,जिनलोगो ने देखा , बताया ,वो झूट थोड़े ही है।
तीरथ प्रसाद खीजते हुए " भाई साहब !मूर्खो के पूंछ थोड़े ही होती है ,आप ही लोगो जैसे होते है। "

वशिष्ठ प्रसाद ,थक हार कर "ठीक है जाओ ,रात में वही रुक जाना। "
तीरथ प्रसाद ने सोचा अब इन अनपढ़ो से कौन बहस करे ,बात टालने केलिए "हां ठीक है। "
ये कह कर निकल गए।
दिन डूबते -डूबते तेज प्रताप के घर पहुँच गए , बड़ी आओ भगत खातिर दारी हुई।
बांकी जो मेहमान आते रहे उन्हें तो नमकीन ,बूंदी के लड्डू से ही नास्ता करवाया जा रहा था। लेकिन तीरथ प्रसाद की बात कुछ और ही थी।

खरबूजा ,आम ,संतरे नास्ते में परोसा गया। घर और जनवासा जनरेटर की लाइट से जगमगा रहे थे । लालटेने,मिटटी के तेंल से मसाले जलाई गईं। बारात हांथी ,घोड़े , बैंड-बजे के साथ जनवासे पहुंची।

रात में जम के नाच गाना हुआ ,मनोरंजन के लिए नचनिया , लिल्लील घोड़ी , भी बुलवाई गई थी। रात गहराती गई ,खाना –पीना खाते ,रात के 2 बज गए।

तीरथ प्रसाद ने तेज प्रताप से जाने की अनुमति मांगी। तेज प्रताप ने मना भी किया रात बहुत होगई है, कल सुबह चले जाइएगा।

लेकिन तीरथ प्रसाद तो जिद के पक्के आदमी थे। एक बार जो ठान ली तो उसे करना ही है।

अपने घर रामपुर की तरफ ,या कहे मौत के सफर पे निकल पड़े। जंगली रस्ता ,अँधेरी रात में ज्यादा कुछ साफ तो दिखाई नहीं पड़ रहा था। फिर भी चाँद की रौशनी इतनी थी की रस्ता समझ आरहा था। हाँथ में एक डंडा लिए थे ,टेकते हुए चले जा रहे थे।

जानवरो के बोलने की भयावह आवाजे आरही थी। लेकिन तीरथ प्रसाद निर्भीक आदमी थे अपनी ही धुन में मस्त ,जल्दी जल्दी पैर बढ़ाते ,दूर -दूर तक कोई घर नहीं ,चारो तरफ बस सन्नाटा और आगे पीछे भयावह जंगल। करीब आधा ही जंगल को पार किये होंगे की पीछे से एक तेज हवा का झोंका उन्हें छू कर गुजर गया।

तीरथ प्रसाद को आश्चर्य तो हुआ ,अचानक से ये हवा कहाँ से आगई। जब की पेड़ –पत्ते तो अपनी गति से ही धीरे -धीरे हिल रहे है। मुश्किल से पचास कदम की दूरी नापी होगी की अचानक ही ,पीछे से एक विचित्र सा जीव उनके सामने से निकला। तीरथ प्रसाद का दिल धक् से बैठ गया,रोंगटे खड़े होगये ।खुद को साहस देते हुए ,नहीं कुछ

नहीं ,मेरा वहम है।

लेकिन मन ही मन पंशिष्ट प्रसाद की कही बात दिलो दिमाग में कौंधने लगी। कदम अपने आप तेज हो गए ,कुछ दूर ही बढे होंगे की फिर से सामने हवा का एक गुबार गोल-गोल घूमता हुआ उनके आगे आगया।

तीरथ प्रसाद को पहली बार ये अहसास हुआ कुछ तो गड़बड़ है। किनारे से जाने लगे ,वो हवा का गुबार फिर सामने आगया। जहा मुड़ते वो भी उसी दिशा में मुड़

जाता। तीरथ प्रसाद हिम्मत कर जैसे ही उस बबंडर से होकर गुजरने लगे ,कही गायब होगया।

तीरथ प्रसाद को लगा ,बला टली,उन्हें क्या मालूम ये सिर्फ आगाज था। रस्ते में एक झाड़ नुमा पेड़ आया ,उस के पास से होकर जैसे ही गुजरने को हुए ,भयानक,विचित्र सी डरावनी आवाज "खी ..खी .की ..ईई.." तीरथ प्रसाद भय से थर्रा उठे , घिघ्घी बंध गई। दिमाग सुन्न पड़ गया। खुद को कोशते हुए ये रस्ता सही नहीं है ,भैया सही कह रहे थे। अब पछताए होत क्या ,पीछे लौट नहीं सकते ,जितना लौट कर जाऊंगा , उतने में अपने घर भी पहुँच जाऊंगा ।

जैसे ही जक्का खुला ,थर थराते कदम जल्दी -जल्दी बढाने लगे ,खुद को संत्वना देते हुए किसी कदर ये जंगल पार कर जाये ,दो ढाई किलोमीटर की तो बात है। कुछ दूर में तो बस्ती भी आजायेगी। इसी उधेड़ बुन में कदम आगे आगे बढ़ते जा रहे थे।

जैसे पीछे मूड़ के देखा अपनी परछाई के अलावा भी एक और परछाई साथ चलती दिखी। तीरथ प्रसाद को इस बात का अहसास तो हुआ लेकिन रुकना मुनासिब नहीं समझा ,चलते रहे। .सामने की ओर देखते हुए ,दुर्गा अस्टक मंत्र का जाप करते हुए बढे जा रहे थे .सामने एक आम का पेड़ मिला। ,उसकी डाल पहले धीरे -धीरे हिल रही थी ,ऐसा लग रहा था जैसे उस डाल पे बैठा कोई हिला रहा हो।

तीरथ प्रसाद ऊपर की तरफ न देखतें हुए ,सोचा जल्दी से निकल जाऊ।
जैसे ही आम के पेड़ के नीचे पहुंचे डाल इतनी जोर सी हिली की टूट कर
उनके ऊपर आगिरी।
तीरथ प्रसाद पीछे हट गए ,इतने में एक भयानक रूप धरे परछाई डाल
से लिपटी नजर आई,बड़ी -बड़ी लाल सुर्ख आंखे ,जितना बड़ा हाँथ
,उतने ही बड़े नाख़ून।
ये देख कर तीरथ प्रसाद का दिल लगा मुँह से बहार आजायेगा।
बोलना तो चाहते थे लेकिन आवाज निकल नहीं रही थी ,घिघि बंध
गई।
जिस रस्ते से आये उल्टा ,उसी रस्ते सी भागने लगे।


भागते हुऐ पीछे देखते भी जा रहे थे कही वो पीछे तो नहीं आरही ,जैसे
ही एक झाड़ नुमा पुराने बरगद के पेड़ के पास पहुंचे ,हवा का उनकी
तरफ बढ़ता विशाल गुबार गोल -गोल घूमता हुआ ,तीरथ प्रसाद को
तकरीबन दस फुट ऊपर उठा कर दूर फेक देता है। .
तीरथ प्रसाद दर्द से कराहते हुए ,फिर भागने लगे ,आम के पेड़ के पास
फिर से जा पहुँचते है ,इस बार क्या देखते है ,एक आदमी सर पे बड़ा सा
साफा बंधे बैठा था। तीरथ प्रसाद की जान में जान आई,चलो इस वीराने
में इंसान तो दिखा ,फिर सोचा पहले तो नहीं था। अचानक ये कहाँ से
आगया।


तीरथ प्रसाद को आवाज देते हुए "कहाँ भागे जा रहे हो ,आओ तो सही
?"
तीरथ प्रसाद ,रुक गए
फिर से सफ़ेद साफे वाला आवाज देते हुऐ "बड़े साहसी मालूम पड़ते हो
?"
तीरथ प्रसाद हिम्मत बांधते हुऐ ''मुझे घर तक छोड़ दो ? "

सफ़ेद साफा वाला ,जोर जोर से हँसते हुऐ "क्यों नहीं ,इसीलिए तो बैठा हूँ "

इतना कहते ही ,तीरथ प्रसाद के सामने खड़ा होगया। ,सात फुट का लम्बा चौड़ा आदमी बड़े -बड़े नुकीले दांत,चेहरा श्याह कला ,गिद्दो जैसी बड़ी -बड़ी आंखे ,अब तीरथ को लगा अब न बच पायूँगा।

भागने से अच्छा लड़ ही लूँ ,अपनी छड़ी जैसे ही मारने के लिए उठाई,उस विशाल काृय सफ़ेद साफे वाले प्रेत ने तीरथ को सर के बल उठा के नीचे पटक दिया। तीरथ प्रसाद की हड्डी चरमरा गई । लेकिन डर में जीने की चाहत और बढ़ गई , फिर उठे ,जैसे ही उसे पकड़ने को हुऐ ,उसने एक लात मारी .तीरथ मुँह से खून उगलते हुऐ दूर जा गिरे। उन्हें यकीन होगया इससे पार पाना बस का नहीं। किसी कदर उठे हुऐ ,जंगल की तरफ भागने लगे ,हवा का वो गुबार फिर उनके सामने आगया फिर से आम के पेड़ की तरफ भागे।

उस हवा के बवंडर में वही आम के पेड़ वाली चुड़यल इस बार निकल आई। .अपने बड़े -बड़े नाखुनो से तीरथ प्रसाद की छाती पे घुसेड़ दिए। तीरथ प्रसाद लहू लुहान होगये। लेकिन जीने की चाह उनकी अभी तक मरी न थी। बरगद के पेड़ के पास पहुँचते ही वो सफ़ेद साफे वाला प्रेत तीरथ प्रसाद को उठा कर वही पटक कर छाती में चढ़ बैठा। तीरथ प्रसाद फिर न उठ पाए। सुबहः जंगल के आस पास रहने वाले चरवाहा ,आदिवासीयो को तीरथ प्रसाद की लाश ही मिली।

7,कहानी

"बुद्ध का बुध्दत्व"

धर्म से परे सोच रखना धर्म से बगावत नहीं है ,व्यक्ति में चेतना तभी जाग्रत होसकती है जब वह अपने अस्तित्व को जान पाए पहले स्वयं

को जाने ,उस पर संका करे ,उस संका का निवारण करे। हर व्यक्ति के जीवन में कुछ अवधारणाएं होती है जिन पर वह चलता है ,अमल करता है ,अनुसरण करता है ,जीवन कार्य शैली उसी अनुरूप अनुपात में ढलता है। यह वैसे ही है जैसे नींद में चलना ,सदियों से परम्परा चली आरही है ,हमारे पूर्वज ऐसा करते थे सो हम भी वही करते है ,उन्होंने कहा वह ईश्वर है और हम ने मान लिया।

उनसे सवाल करो ,खुद से सवाल करो ,वो ईश्वर है तो क्यों है ,क्या वो तुम बन पाओगे ,उस पथ में चल पाओगे ,उनकी दे हुई सिख का अनुसरण कर पाओगे जो वो चाहते है। यदि नहीं कर पाओगे तो तुम कहे के धार्मिक ,अपनी सुविधा के लिए ?
जीवन सुविधाओं का सुख भोगने केलिए नहीं है ,जीवन एक उप्लक्छय है ,कर्म साध्य है ,कारण से है।
सुविधा निहित अंतरभक्ति हमारे अहंकर पूर्ति के माध्यम से अतिरिक्त और कुछ नहीं है । एक व्यक्ति के रूप में मैंने किसी धर्म को धारण नहीं किया क्योंकि स्वयं को उस अवधारणा के अनुरूप अपात्र पता हूँ ,किन्तु हर उस विचार को धारण किया जिसके अनुरूप जीवन को ढल सकता हूँ।

बुद्ध मेरे जीवन के अमूर्त अपूर्व ज्ञान के श्रोत रहे है ,धार्मिक कट्टरता ,वैचारिक उन्माद से परे तटस्थ रहना सिखाते है ,स्वयं में स्वयं के होने का अहसास दिलाते है ,एक तरह से सभी ज्ञात श्रोत से पहले विजडम फाइंडर है। बुद्ध के बोध को जाने ,समझे और अपने जीवन अनुरूप धारण करे बुद्ध में बोध को आधुनिकता के परिदृश्य में दृष्टिकोण ... .विज्ञान से भी कठिन काम बुद्ध ने किया।क्योंकि विज्ञान तो कहता है, वस्तुओं के प्रति निरपेक्ष भाव रखना। वस्तुओं के प्रति निरपेक्ष भाव रखना तो बहुत सरल है,लेकिन स्वयं के प्रति निरपेक्ष भाव रखना बहुत कठिन है। बुद्ध ने वही कहा। विज्ञान तो बहिर्मुखी है, बुद्ध का विज्ञान

अंतर्मुखी है।
धर्म का अर्थ होता है, अंतर्मुखी विज्ञान।

बुद्ध ने कहा, जैसे दूसरे को देखते हो बिना किसी धारणा के, ऐसे ही अपने को भी देखना बिना किसी धारणा के।
यह कठिन बात है। करीब-करीब असंभव जैसी क्योंकि हम अपने को तो बिना धारणा के देख ही नहीं पाते।
हम तो सब अपनी-अपनी मूर्तियां बनाए बैठे हैं।हम सबने तो मान रखा है कि हम क्या हैं, कैसे हैं, कौन हैं।

पता कुछ भी नहीं है, मान सब रखा है। इसीलिए रोज दुख उठाते हैं। क्योंकि कोई हमें गाली दे देता है तो हमें कष्ट हो जाता है।क्योंकि हमने तो मान रखा था कि लोग हमारी पूजा करें और लोग गाली दे रहे हैं।

कोई पत्थर फेंक देता है तो हम क्रोधित हो जाते हैं,क्योंकि हमने तो मान रखा था कि लोग फूलमालाएं चढ़ाएंगे,
लोग पत्थर फेंक रहे हैं। हमारी धारणाएं हैं अपनी।हमने मन में अपनी एक स्वर्ण-प्रतिमा बना रखी है। कल्पनाओं की, सपनों की, इंद्रधनुषी।बुद्ध कहते हैं, ये प्रतिमाएं भी छोड़ो। नहीं तो तुम आत्म-साक्षात्कार न कर सकोगे।
तुम कौन हो, यह धारणा छोड़ो। हिंदू कि मुसलमान कि ईसाई कि जैन।तुम कौन हो, ब्राह्मण कि शूद्र कि क्षत्रिय?
तुम कौन हो, साधु कि असाधु? ये सब धारणाएं छोड़ो।

तुम निर्धारणा होकर भीतर उतरो।अभी तुम्हें कुछ भी पता नहीं है कि तुम कौन हो।
और ये सब धारणाएं बहुत छोटी हैं।असाधु की धारणा तो व्यर्थ है ही,

साधु की धारणा भी व्यर्थ है।

क्योंकि जिसे तुम भीतर विराजमान पाओगे, वह स्वयं परमात्मा है। ये तुम कहां की छोटी-छोटी धारणाएं लेकर चले हो! इन छोटी-छोटी धारणाओं के कारण वह विराट नहीं दिख पाता।

आंखें इतनी छोटी हैं, विराट समाए कहां?तुमने सीमाएं इतनी छोटी बना ली हैं, बड़ा उतरे कैसे?

तो तुम अपने भीतर भी टटोलते हो तो बस धारणाओं में ही उलझे रहते हो।

बुद्ध ने कहा, भीतर भी ऐसे जाओ जैसे तुम्हें कुछ भी पता नहीं है। शांत, मौन,अपने अज्ञान को धारण किए भीतर जाओ।

तब वही दिखायी पड़ेगा, जो है। और जो दिखायी पड़ेगा वही आंखें खोल देगा।

ध्यानी आंख बंद करके ध्यान करने बैठता है, लेकिन जब ध्यान हो जाता है तो आंख ऐसी खुलती है कि फिर कभी बंद ही नहीं होती।फिर सदा के लिए खुली रह जाती है। जिनको तुमने अपना विचार मान रखा है, कभी खयाल किया, वे क्या हैं?

मैं हिंदू, मुसलमान, कि ब्राह्मण, कि शूद्र, कि अच्छा, कि बुरा, कि ऐसा, कि वैसा ये तुमने जो मान रखे हैं विचार, ये तुम्हारे हैं? ये सब उधार हैं। मन तो एक चौराहा है, जिस पर विचार के यात्री गुजरते रहते हैं।

तुम्हारा इसमें कुछ भी नहीं है। दो बच्चे सीढ़ियों पर बैठकर बड़ा झगड़ा कर रहे थे। कि रास्ते से जो कारें गुजरती हैं, जो पहले देख ले वह उसकी। अभी एक काली कार गुजरी, वह मैंने पहले देखी और यह कहता है कि मेरी!

इससे झगड़ा हो गया है।अब सड़क से कारें गुजर रही हैं और दो बच्चे लड़ रहे हैं कि किसकी और बंटवारा कर रहे हैं। कार वालों को पता ही

नहीं है! कि यहां मुकदमे की नौबत आ गयी, मारपीट की हालत हुई जा रही है।


विचार भी ऐसे ही हैं।तुम्हारे मन के रास्ते से गुजरते हैं इसलिए तुम्हारे हैं, ऐसा मत मान लेना।
तुम्हारा कौन सा विचार है? जैन-घर में पैदा हो गए, मां-बाप ने कहा तुम जैन हो--एक कार गुजरी।तुमने पकड़ी, कि मेरी। मुसलमान-घर में रख दिए गए होते तो मुसलमान हो जाते। हिंदू-घर में रख दिए गए होते तो हिंदू हो जाते।
संयोग की बात थी कि तुम रास्ते के किनारे खड़े थे और कार गुजरी। यह संयोग था कि तुम जैन-घर में पैदा हुए कि हिंदू-घर में पैदा हुए। यह संयोगमात्र है, इससे न तुम हिंदू होते हो, न जैन होते हो। मगर हो गए।


तुमने पकड़ ली बात। किसी ने समझा दिया ब्राहमण हो, तिलक-टीका लगा दिया, जनेऊ पहना दिया। कैसे-कैसे बुद्धू बनाने के रास्ते हैं। और सरलता से तुम बुद्धू बन गए।


और तुमने मान लिया कि बस मैं ब्राहमण हूं। और तुम शूद्र को हिकारत की नजर से देखने लगे। और अपने पीछे तुमने अकड़ पाल ली। और फिर ऐसा ही तुमने गीता पढ़ी, और कुरान पढ़ी और बाइबिल पढ़ी और विचारों की
श्रृंखला तुम्हारे भीतर चलने लगी, तैरने लगी, रास्ते पर ट्रैफिक बढ़ता चला गया और तुम सारे ट्रैफिक के मालिक हो गए। तुम्हारा इसमें क्या है? तुम्हारा इसमें कोई भी विचार नहीं है। और फिर तुमने यह भी देखा, विचार कितने जल्दी बदल जाते हैं। विचार बड़े अवसरवादी हैं, विचार बड़े राजनीतिज्ञ हैं।

पार्टी बदलने में देर नहीं लगती।जब जैसा मौका हो। एक व्यक्ति अपने घोड़े को बांधकर एक दुकान पर सामान खरीदने गया है। जब वह लौटकर आया तो किसी ने घोड़े पर लाल पेंट कर दिया। घोड़े पर! तो बड़ा नाराज हुआ कि यह कौन आदमी है, किसने शरारत की? तो किसी ने कहा, यह सामने जो शराबघर है, उसमें से एक आदमी आया और उसने इसको पोत दिया। कोई पीए होगा।

तो व्यक्ति बड़े क्रोध में भीतर गया, और उसने कहा कि किस नालायक ने मेरे घोड़े पर लाल रंग पोता है?
हड्डी-हड्डी निकालकर रख दूंगा, कौन है, खड़ा हो जाए! जब आदमी खड़ा हुआ तो बड़ा घबड़ाया। कोई साढ़े छह फीट लंबे एक सरदार जी खड़े हो गए! वह आदमी थोड़ा सहमा।

उसने कहा यह हड्डी वगैरह तो निकालना दूर है, अपनी हड्डियां बच जाएं तो बहुत है। उसने, सरदार ने कहा, बोलो, क्या विचार है? क्या कह रहे थे? किसलिए आए हो? व्यक्ति ने कहा, अरे सरदार जी!
मैं यह कहने आया हूं कि घोड़े पर पहली कोट तो सूख गयी, दूसरी कोट कब करोगे? बड़ी कृपा की घोड़ा रंग दिया, मगर पहली कोट बिलकुल सूख गयी है। ऐसे बदल जाते हैं विचार। विचार बड़े अवसरवादी हैं।

विचारों का बहुत भरोसा मत करना, मन राजनीतिज्ञ है। और जो मन में पड़ा रहा, वह राजनीति में पड़ा रहता है।
इसलिए मैं कहता हूं, धार्मिक आदमी राजनीतिज्ञ नहीं हो सकता। क्योंकि धार्मिक होने का अर्थ है, मन के पार गया। मन के पीछे जो चैतन्य है, उसमें विराजमान हुआ। विचारों की इस भीड़ से हटो।

लेकिन जब तक तुम पकड़े रहोगे, कैसे हटोगे? विचारों की भीड़ ने ही तुम्हें बेईमान बनाया है, पाखंडी बनाया है, अवसरवादी बनाया है। मन रोग है। इससे अपने हाथ धो लो। बे-मन हो जाओ। समाधि का इतना

ही अर्थ है, ध्यान का इतना ही अर्थ है कि किसी तरह मन से तुम्हारा तादात्म्य छूट जाए।

और तुम रोज देखते हो कि यह मन तुम्हें कैसे-कैसे धोखे दिए जाता है और इस मन के द्वारा तुम दूसरों को धोखा दे रहे हो। और यह मन तुमको धोखा दे रहा है। तुम अपने मन को जांचो। तुम बड़ी राजनीति मन में पाओगे। तुम चकित होओगे देखकर कि तुम्हारा मन कितना अवसरवादी है।

जब जो तुम्हारे अनुकूल पड़ जाता है, उसी को तुम स्वीकार कर लेते हो। जब जिस चीज से जिस तरह शोषण हो सके, तुम वैसा ही शोषण कर लेते हो। जब जैसा स्वांग रचना पड़े, वैसा ही स्वांग रच लेते हो। अगर ऐसा ही चलता रहा यह स्वांग रचने का खेल तो आत्मबोध कभी भी न हो सकेगा। कितने तो स्वांग तुम रच चुके।

कभी जंगली जानवर थे, कभी वृक्ष थे, कभी पशु-पक्षी थे; कभी कुछ, कभी कुछ; कभी स्त्री, कभी पुरुष; कितने स्वांग तुम रच चुके। अनंत-अनंत यात्रापथ पर। कितने विचारों के चक्कर में तुमने कितने स्वांग रचे।

कितनी योनियों में तुम उतरे। और अभी भी चक्कर जारी है। बुद्ध कहते हैं, जो मन से मुक्त हो गया वह आवागमन से मुक्त हो गया। क्योंकि मन ही तुम्हारे आवागमन को चलाता है। मन चलता है और तुम्हें चलाता है। मन का चलना रुक जाए तो तुम्हारा चलना भी रुक जाए। इस यात्रा का जो पहला कदम है, वह है मन के साथ तादात्म्य तोड़ लेना।

मैं मन नहीं हूं, तो फिर मन के विचारों से क्या संबंध? तो न तो ईश्वर के संबंध में कोई विचार लेकर चलना, न आत्मा के संबंध में कोई विचार लेकर चलना, न शुभ-अशुभ के संबंध में कोई विचार लेकर चलना।

विचार को पकड़कर चलने वाला निर्विचार तक कभी नहीं पहुंच सकेगा। विचार को छोड़ना है और निर्विचार में थिर होना है। यह महाक्रांति बुद्ध संसार में लाए।

## 8,कहानी
## "नेता जी न तीन में न तेरह में "

दामोदर दास जी दिल्ली के एक बड़े ही प्रसिद्ध व्यवसायी ,कुसल राजनीतिज्ञ थे ,लोग उन्हें प्यार से नेता जी कहते । दौलत सोहरत की कोई कमी न थी ,दर्जनों नौकर चाकर ,गाड़ी बग्ला मगर स्वभाव से बड़े ही रंगीन मिज़ाजी इंसान थे उनकी बस यही एक कमजोरी थी। सारा धन अय्यासी ,औरतो के पीछे लुटा देते। सुन्दर लड़की देखी नहीं की मोम की तरह पिघल जाते ,लार टपकाने लगते ,वासना के अंध कुंए में गिरने में देरी न लगाते ।

पार्टिया करते ,सभा -समरोह करते , पार्टी के प्रचार -प्रसार में नाचने -गाने वालो को भी बुलाते ,वे लोग भी नेता जी से बहुत प्रभावित होते एक तो फ्री में पब्लिक इमेज बनती ऊपर से पैसे भी मिलते। नेता जी को भी कौन सा अपनी जेब से भरना था। लूट का धन रेवड़ी बाँटते कुलमिलाकर खूब मज़े थे नेता जी की सारी उंगलिया घी में थी ।

एक बार किसी ऐसे ही समारोह के दौरान ,उनकी नज़र सपना नाम की एक हूर की बला ,अभिनेत्री पर पड़ी ,वह अपने नाम की तरह ही स्वप्न

सुंदरी थी।छरहरा बदल ,साढ़े पांच फिट लम्बाई ,सुन्दर गोल चेहरा ,कटीली आंखे जिसकी भी नज़र एक बार पड़ जाये , हटाए नहीं हटती ,दिल संभाले नहीं संभालता था ।

सपना की वह स्वप्न सुंदरता उस पार्टी की खास आकर्षण की केंद्र थी। पार्टी में मौजूद सभी मर्द क्या जवान ,क्या बुड्ढे सभी गिद्ध के समान उसके इर्द -गिर्द मडरा रहे थे। समाज लोक लाज मर्यादा का ख्याल न होता तो नोच ही खाते मगर कर भी क्या सकते थे ,आंखे सेंक कर ही दिल की प्यास बुझती रही ।
नेता जी अपने कुछ खास मित्र मंडली के साथ वार्ता -लाप में व्यस्त थे। अचानक से सपना उनके ग्रुप के बीच पहुँच गई। मधुर कोयल सी कूकती हुई "एक्सक्यूज़ मी ?"
नेता जी जी जैसे ही पीछे पलटे ,उनकी आंखे चौंधिया गई ,मुँह से कुछ बोल न आया ,बस दिल जोर -जोर से धड़के जा रहा था। चेतना में वापिस आते हुए " अहा ! काश ये समां यही ठहर जाये ? "

सपना चपलता से अपनी कनखियाँ उमड़ते हुए " भला ऐसा क्यों ?
नेता जी बड़ी ही चतुराई से मुस्कुराते हुए " साम तो साम ही थी मगर पहले कभी यों रंगीन न थी। "
सपना जोर जोर से खिलखिला कर हंस पड़ी " नेता जी बाते बनाना कोई आपसे सीखे। "
नेता जी नहले पे दहला मरते हुए " हमने कब मन किया ,बस आप हमें सेवा का अवसर दे ?"
सपना इतने सारे लोगो को अपने आस पास जमा देख झेप सी गई ,वहाँ से जाना ही उचित समझा।

सपना वहाँ से चली तो गई लेकिन उसकी सुंदरता नेता जी के दिल में घर कर गई ,सोते -जागते उठते बैठते उसके ही ख्यालो में खोये रहते। सपना से मिलने के तरह -तरह के बहाने ढूढ़ने लगे ,पैसा पानी की तरह

बहने लगा ,कोई भी कार्य-क्रम हो छोटा या बड़ा,सपना को बुलवाते। सपना भी उनके पैसो की ताकत के आगे झुक गई। धीरे -धीरे दोनों के बीच प्रेम प्रसंग बढ़ने लगा। नेता जी ,महगे से महगा उपहार जब भी मिलते देते ,शॉपिंग करवाने खुद भी जाते ,उन्हें मालूम था औरतो को महंगे महंगे गिफ्ट गहनों का बड़ा सौक होता है ।

सपना ने दामोदर दास जी-को पूरी तरह से अपने प्रेम -पाँस में जकड लिया था ,सपना के लिए अब वो एटीएम मशीन की तरह थे।

वो भी ऐसा एटीएम मशीन जो एक बार में ही करोडो सीधा ट्रांसफर कर देता। कई सालो तक ऐसा ही चलता रहा ,दोनों ही एक दूरारे की आदत व्यवहार से परिचित होगये थे।

सपना का जन्म दिन निकट था ,उसने दामोदर दास जी को सरप्राइज देने की सोची ,सोचा देखूं इन्हे मेरा जन्म दिन याद रहता है की नहीं पहले से कोई सुचना नहीं दी।

नेता जी भी मझे हुए खिलाडी थे ,उन्होंने भी सपना को सरप्राइज देने की सोची ,जन्म दिन के दिन सुबह ही सुबह अपने खास सहायक जो उनकी हर बात जनता था ,कई दसको से नेता जी का करीबी था उसे एक इम्पोर्टेड महगी सी गाड़ी खरीद कर गिफ्ट देने भेज दिया।

सहायक, सपना के घर पहुँच कर डोर बेल बजता है । सपना पूरी तरह से नींद सी जगी भी नहीं थी ,ऊंघते हुए दरवाजा खोलती है " जी कहिये ?"

सहायक " मैडम ,सर ने आपके लिए ये कार भेजी है। "

सपना ,खुशी सी उछालते हुए " वाओ ! फिर अचानक से झेपते हुए ,दबे स्वर में "सर मीन्स ?'

सहायक " वही जिनसे आप सर्वाधिक प्रेम करती है। "

सपना ने तीन नाम गिना दिए,ये ,वो ,फलाना। सहायक, न में सर हिलाते हुए।

सपना की भी मति मारी गई ,उसका ध्यान उस महगी गाड़ी की तरफ था । आनन फानन में जल्दी -जल्दी तेरह और नाम गिना दिए। इतने में अंदर से सपना का बॉय फ्रेंड सपना के बैडरूम से अपने कपड़े सँभालते हुए बाहर आगया ,उस अनजान आदमी को देख कर "हु इस दिस बेबी ? "

सहायक ,दामोदर दास जी का नमक खाया था ,उसे कुछ ठीक नहीं लगा ,सो उसने बिना कुछ बोले ,गाड़ी लेकर सीधा घर आगया।

सपना ,दरवाजे पर खड़ी उसे अचरज से देखती रह गई ,कौन था ,किसने भिजवाई ,ऐसे कैसे चला गया।

सहायक ,दामोदर दास जी को गाड़ी की चाभी पकड़ाते हुए " सर आप न तीन में है न तेरह में है। "

दामोदर दास जी ,बिना कुछ कहे ,आस्चर्य अपने सहायक के चेहरे का भाव पढ़ने की कोशिश करने लगे।


9,कहानी
"बिल्ली की हज यात्र "


सौ चूहे खाकर बिल्ली हज को चली,यह खबर हज देव को पता चली।हज देव ने दूत भेजा ।दूत ने हज देव का सन्देशा कह सुनाया " जा पहले कुछ फजल करे ?"
बिल्ली बडी चतुर,चालाक थी,दुहाई देने लगी "
बद किरदार हूँ हुजूर,खतावार ये जिस्मानी लिबास है,जिसने मुझ से ये गुनाह करवाये, रूहानी खुदा की निसबत मे ही रही ।

दूत "तेरे लिबास बहुत दागदार है ,गुनाह की गर मुआफी चाहिए ये लिबास उतार फेंक ?
बद बख्त बिल्ली बिल बिलाने लगी"नही हुजूर कोई बीच का रस्ता

अख्तियार करे ?

दूत "जिस्मानी भुँख जब तक नही मिटेगी,रूह ए पाक नही होगी ।

सातिर बिल्ली समझ गई,दाल नही गलने वाली"फिर तो मरे मेरे
दुसमन,मै तो चली चूहे खाने ।
खुदा के दूत पर खुदा का करम था,उसने बिल्ली पर तरस खाया,
हिदायत दी " ऐ नामकूल बिल्ली,
रूह ए पाक ,वही आब ए जमजम है । खुदा की खिद्मत मे हो,फजल से
कभी महरूम न होगी ।
बिल्ली "क्या मेरे गुनाह मुआफ होंगे ?
दूत " बफात का हमवार हयात है,तू ऊसकी हिफाजत कर ,जिन्दगानी
का जरिया बन ,मुस्ताक ए दीद कर ।

....

## 10,कहानी
## "प्राचीन रोम के घिनौने सच "

"प्राचीन रोम से जुड़े कुछ ऐसे रहस्य जो बेहद ही घृड़ित और अस्चर्या
जनक है .प्राचीन रोमवासी थे तो इंसान जैसे सभी इन्सान होते है
लेकिन उनके काम -काज रहन-सहनका तरीका जानवरो से भी बत्तर
घोर अंधविश्वासी और बर्बर थे .

" प्राचीन रोमवासी खुद के ही मूत्र(urin) से मुंह और कपडे धोते थे.वहाँ
के लोगो द्वारा पेशाब इकट्ठा करना और उसे बाजार में बेचने एक
बहुत बड़ा व्यबसाय था. इस पेशे को वहाँ के लोगो द्वारा वृहत पैमाने
पर अपनाया जाता था जिस पर रोम की सरकार कर (टैक्स) लेती थी.
ये लोग घर -घर जा कर एक बड़े से कंटेनर में लोगो की पेशाब इकसठा

करते फिर बाजार में उसी पेशाब को ऊँचे दामों बेंच देते और इसी पेशाब से रोम वासी अपने दाँत और कपडे साफ करते थे .

एक तरह से देखा जाये तो ये काम आपको घिनौना और हास्यास्पद लगेगा लेकिन वैज्ञानिक दृष्टिकोण से बात करे तो मूत्र में बहुत से ऐसे पोशाक तत्व मौजूद होते है जिनका एक निश्चित मात्रा में सेवन करना काफी लाभकारी है.

मूत्र काफी बदबूदार पिले रंग के liquid की तरह होता है जिसमे ऐसे बहुत से ऐसे यौगिक होते है जैसे -सोडियम ,पोटेसियम,क्लोराइड ,मैग्निसियम और कैल्शियम जैसे तत्व जो न सिर्फ दाँत और कपडे धोने में उपयोगी है बल्कि बिभिन्न तरह की बिमारिओ से लड़ने में भी सहायक साबित होते है.

आधुनिकता के इस दौर में इंसान जिस तरह विभिन्न-विभिन्न प्रकार की पेट सम्बंधित बीमारियों से ग्रषित है अगर इंसान अपना मूत्र न सही जानवरो जैसे गाय ,भेद और बकरी अदि के मूत्र का रोज सुभह खली पेट थोड़ी सी मात्रा में भी सेवन करे तो बहुत सारी बीमारियों से निजात पा सकता है. अब बात करते है एक और घिनौने सच की -प्राचीन रोमवासी बकरी के गोबर का इस्तेमाल ,एनर्जी ड्रिंक और बैंडेज के रूप में करते थे .

प्राचीन रोम वासी वृहद पैमाने पर गर्मी के दिनों में बकरी के गोबर को इकट्ठा करते और उसे सूखा कर रख लेते, जरुरत पड़ने पर जैसे सरीर पर किसी भी तरह की चोट अदि लगने पर उसी गोबर को घास-फूस की जड़ीबूटियों के साथ मिला कर बैंडेज की तरह घाव के चारो तरफ लपेट लेते थे . इस के अलावा इस सूखे हुए गोबर को सिरके के साथ उबाल कर इसका उपयोग अपनी थकान मिटने के लिए सक्ति वर्धक एनर्जी ड्रिंक की तरह ,ताकत बढ़ने के लिए पिया करते थे.

इससे भी रोचक एक और बात तत्कालीन रोमन सम्राट नीरो भी इन

बकरी के गोबर से बने एनर्जी ड्रिंक को खुद भी बड़े चाव से पिता था .
अब बात करते है एक और घिनौने तथ्य की - प्राचीन रोमवासी
टॉयलेट जाने से पहले अपनी जिंदगी की प्रार्थना किया करते थे.
वो ऐसा क्यों करते थे इसके पीछे उनका एक अंधविश्वास था . प्राचीन
रोम में उस समय सार्वजनिक शौचालय हुआ करते थे जो बहुत ही
बदबूदार और विभिन्न तरह के जहरीले कीड़े- मकोड़े और गंदगी से भरे
होते थे .

और ऐसे में शौचालय में जाना यानि अपनी मौत को दावत देने के
सागान था क्योंकी सौंच(toilet) के दौरान जब कमोड पर बैठते उस
समय जहरीले कीड़े -मकौड़े कमोड के अंदर से निकल कर पीछे जो
भाग उनका खुला रहता था वहाँ पर काट लेते फलस्वरूप उनकी मृत्यु
हो जाती थी.

इस समस्या से निपटने तथा अपनी सुरक्षा के लिए वो लोग जादू-टोने
का सहारा लेते जैसे शौचालय की दीवारों पर जादुई मंत्र ,राच्छस के
चित्र और अपनी देवी फोरट्राना की तस्वीर दीवार पर उकेरते और
कमोड में बैठने से पहले उन्ही मंत्रो का उच्चारण करते थे .

एक और हास्यास्पद काम करते थे सौंच(toilet) के बाद ये लोग अपने
-अपने सौंच अंग या कहे गुदाद्वार को साफ करने के लिए एक स्टिक
से लगी सोख्ता (spong) का इस्तेमाल सभी लोग सार्वजनिक तौर पर
किया करते थे परन्तु उस स्पोंग को कभी साफ नहीं करते थे .

एक और आश्चर्य जानते है - प्राचीन रोम की औरते इंसानी खून और
चमड़ी से बने फेस क्रीम और साबुन का इस्तेमाल अपने सरीर को गोरा
और साफ करने के लिए किया करती थी . लेकिन वो भी किसी
साधारण इंसान के सरीर से बने फेसक्रीम और साबुन का इस्तेमाल
नहीं अपितु रोमन योद्धा जो यूद्धा के दौरान मारे जाते थे उनके रक्त

और चमड़ी को निकाल कर एक बोतल में रख लेते फिर उससे क्रीम और साबुन तैयार किया जाता था.

इसके पीछे उनका तथ्य था की वीर योद्धया के खून की शक्ति से चेहरे और बदन में जादुई निखार आता है. रोमन योद्धा (gladitor) के खून से जुडी एक और महत्वापूर्ण बात -प्राचीन रोम के लोग मौत का खेल खेलना पसंद करते थे .इस खेल में किसी एक योद्धा की मृत्यु तै रहती थी .उन मृत योद्धाओं के सरीर से लिवर को निकल कर जितने वाला योद्धा कच्चा ही चबा जाता था . रक्त से जुडी एक और महत्वपूर्ण बात रोमन योद्धा के रक्त का इस्तेमाल मिर्गी जैसे मर्ज के इलाज में किया जाता था .

मिर्गी के मरीजों को रक्त से बना सुप पिलाया जाता था जिसे बहुत असरकारी और शर्तिया इलाज माना जाता था . एक और घिनौने आश्चर्य को जानते है -प्राचीन रोम में एक बड़ी ही अजीब प्रथा थी जैसे की सार्वजनिक भोजन के दौरान उलटी, वोमिटिंग करने की जिससे अधिक से अधिक खा सके. जब भी कभी किसी भोज का आयोजन होता ,उस दौरान पुरा कर्यक्रम जब तक ख़त्म न हो जाये तब तक खाते रहते थे .

इस लिए पेट में जगह बनाने के लिए एक बाउल में वोमिटिंग को इकट्ठा करते और फर्श पर फेक देते जिसे गुलाम और नौकर साफ करते थे . एक और आश्चर्य जनक बात जानते है .प्राचीन रोम वासी गले में लिंगनुमा या कहे पेनिस के आकर के लॉकेट पहनते थे और इस तरह के लॉकेट तरह -तरह की डिज़ाइन में बाजार में मिलते थे जिसे मर्दो द्वारा पहनना फैशन और शुभ माना जाता था .

11,कहानी

"अंतिम इच्छा"

आत्म अनुभूति हर परिस्थिति में कुछ कर गुजरने की प्रेरणा से भर देने वाली कहानी...

" एक वृद्ध मर रहा था अपने अंतिम समय में अपने अबोध पुत्र से कहा"मैं जानता हूँ शायद अभी तुम समझ नहीं पाओगे मैं क्या कह रहा हूँ,पर मेरे पास ज्यादा समय नहीं है,मुझे अभी कहना होगा,पर तुम्हारे पास समय है - इन शब्दों को याद रखना ...

जब भी तुम्हे इन शब्दों का अर्थ समझने की प्रौढ़ता हो,तब इन शब्दों पर अमल करना,पर भूल मत जाना, याद रखना, साधारण से ये वचन है
"याद रखना,अगर कोई तुम्हारे अंदर क्रोध उत्पन्न करे,तो उस व्यक्ति से कहना मैं चौबीस घंटे के बाद इसका जवाब देने आऊंगा...
चौबीस घंटे, इंतज़ार करना;और चौबीस घंटे बाद जो तुम्हे लगे, जाना और करना।"
दूसरी सलाह उसने दी "अब तुम्हें अपना ख्याल खुद रखना है मैं मर रहा हूँ।

तीसरी सलाह दी "मुझे माफ़ करना क्योंकि मैं तुम्हारे लिए कोई विरासत छोड़ कर नहीं जा रहा ,तुम्हें ही अब अपनी रोटी कमानी है , तुम्हें खुद से चीजें सीखनी होंगी ,
विचित्र है पर अगर तुम समझो तो विचित्र नहीं है। उसके लिए ये अंतिम अत्यंत महत्वपूर्ण थे।

उस अबोध बालक केलिए यह अवसाद और अवसर भी है। अवसाद इसलिए की उसका कोई नहीं है ,अवसर भी इसलिए की उसका कोई नहीं है।

भावार्थ :

विस्तार से यदि समझे तो वो क्रोध उत्पन्न करने वाले तत्त्व महज कुछ मुट्ठी भर लोग नामदार और राजनेता है जो देश रूपी हमारे निर्बल वृद्ध पिता की संपत्ति को छल,कपट ,बलपूर्वक हथिया लिया है। अबोध बालक इस देश के बेरोजगार युवा है जो अनाथ होचुके है।

जिन्हे अपने मरणासन्न देश रूपी वृद्ध पिता द्वारा दी हुई सीख को सिरोधार्य करते हुए जीवन में इस पर अमल करे भविष्य में समृद्ध पिता बनने तथा अपने आने वाली पीढ़ी को बेहतर कल देंगे यह विश्वास दिलासके।